PAUL STAPFER

Doyen honoraire
de la Faculté des Lettres
de Bordeaux

Victor Hugo

et

l'Affaire Dreyfus

PARIS

P. OLLENDORFF

Prix : 50 centimes

VICTOR HUGO

ET

L'AFFAIRE DREYFUS

PAUL STAPFER

VICTOR HUGO

ET

L'AFFAIRE DREYFUS

DISCOURS PRONONCÉ A PESSAC-SUR-DORDOGNE
LE 24 JUIN 1900

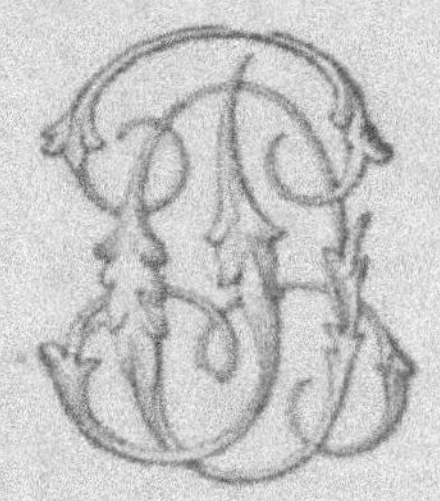

PARIS

SOCIÉTÉ D'ÉDITIONS LITTÉRAIRES ET ARTISTIQUES
Librairie Paul Ollendorff
50, CHAUSSÉE D'ANTIN, 50

1901
Tous droits réservés.

VICTOR HUGO

ET

L'AFFAIRE DREYFUS

DISCOURS PRONONCÉ A PESSAC-SUR-DORDOGNE

LE 24 JUIN 1900

MESDAMES, MESSIEURS,

Une question a souvent amusé, au cours de l'affaire Dreyfus, la rêverie des hommes de lettres : de quel parti aurait été, dans cette grande querelle des esprits, tel ou tel écrivain parmi ceux qui sont morts et dont la pensée et les œuvres demeurent immortelles ?

Certes, la réponse ne devrait pas être douteuse pour aucun de ceux qui nous inspirent non seulement de l'admiration littéraire, mais quelque estime morale, si l'on ne savait à quel point la rectitude du jugement subit l'influence de tant de causes diverses qui déterminent le caractère et la conduite des hommes. On peut hésiter, par exemple, sur l'attitude qu'aurait prise Racine, cœur sensible, esprit délicat, mais trop bon courtisan du pouvoir ;

et quant à Bossuet, soutien du trône et de l'autel, théoricien de l'autorité, adversaire résolu de l'indépendance de la pensée, qu'il dénonçait comme une hérésie, il est trop clair que pour lui, comme pour son zélé lieutenant Brunetière, la noble revendication des droits de l'individu, les justes protestations de la conscience et de la raison offensées n'auraient été qu'une révolte de l'orgueil. Mais Pascal, qui démasqua les jésuites; mais Corneille, cette âme haute et fière; mais Molière, créateur d'Alceste; mais Boileau, le plus honnête homme de notre littérature et qui avait son franc parler; mais Voltaire, défenseur de Calas; mais Diderot, mais Dalembert, mais Rousseau, et tous les généreux émancipateurs de l'esprit humain au XVIIIe siècle, comment douter, sans leur faire insulte, qu'ils auraient tous vaillamment combattu pour la vérité et pour la justice?

Parmi les grands hommes de notre siècle, j'ai entendu de bons dreyfusards exprimer des craintes sur la position qu'on aurait vu prendre à Pasteur, à Renan et à Taine. Je regarde ce doute comme une espèce d'injure à l'adresse de ces hautes et lumineuses intelligences. Mais enfin, s'il faut croire qu'ils auraient pu être du mauvais parti, alors leurs meilleurs disciples, alors leurs parents les plus proches, leurs amis les plus chers se seraient brouillés avec eux, et c'eût été bien fait! Car vous savez le rôle glorieux de Duclaux, l'éminent directeur de l'Institut Pasteur; vous avez vu siéger sur l'estrade dans toutes les réunions de la Ligue des droits de l'homme, à côté des Pressensé et des Anatole France, Psichari, gendre de Renan : son fils Ary, le peintre, est passionnément avec nous ; quelques-uns de vous ont pu lire, dans la *Grande Revue* du 1er février, dirigée par Me Labori, un merveilleux article d'André Chevrillon, neveu de Taine, qui est l'analyse la plus profonde qu'on ait faite du singulier état d'esprit de la majorité de nos concitoyens, de cette majorité stupide par essence et par définition, dont le général Mercier disait, avec une fierté contente de peu, dans le honteux banquet nationaliste de l'autre jour : « Nous sommes la force, puisque nous sommes le nombre. » Oui, Chevrillon a merveilleusement analysé l'espèce de cristallisation dans l'absurde, qui rend cette grande masse d'hommes réfractaire à l'évidence et comparable, pour la naïve crédulité, à un seul personnage de comédie, aussi invraisemblable que vrai, à celui qui de nos jours a reculé considérablement les bornes de l'ânerie, qu'on croyait posées par les plus célèbres imbéciles, les Orgon, les Ramollo, les Jocrisse, et qui *détient* (jusqu'à ce qu'on invente quelque prodige nouveau) le *record* de la bêtise humaine : l'immense, le gigantesque, l'incommensurable idiot, Boubouroche !

Pour des hommes tels que Michelet, tels que Victor Hugo, je ne pense pas qu'il puisse y avoir un seul critique ayant la moindre dose d'instruction et d'intelligence, qui ose mettre en doute qu'ils auraient été dreyfusards fervents. Jules Lemaître lui-même, homme d'esprit et de savoir, ne le nierait point. Il en serait quitte pour attribuer ce choix plus que probable à quelque vulgaire motif, tel que l'esprit révolutionnaire ou l'amour de la déclamation. Il fallait toute l'ignorance, jointe à toute l'effronterie, du pitre qui dirige la feuille la plus cynique de la presse menteuse, pour oser soutenir que, dans la plus grave et fameuse affaire du siècle qui finit, Victor Hugo aurait été avec lui et avec la tourbe des antisémites nationalistes et cléricaux, du parti acharné à la condamnation d'un juif innocent. S'il y a une chose indubitable pour quiconque a lu Victor Hugo, pour quiconque a lu Michelet, c'est l'ardeur d'indignation avec laquelle ils eussent épousé la cause de la malheureuse victime d'une erreur judiciaire, vénielle à l'origine peut-être, mais rapidement précipitée dans un crime inhumain par la féroce obstination que les coupables et leurs complices ont mise à ne point l'avouer.

Ce que Victor Hugo a dit des juifs dans ses poésies est insignifiant. Il ne pouvait pas prévoir l'importance que leur donnerait soudain le réveil inattendu, après la révolution française, d'une passion aussi archaïque que l'antisémitisme. Tantôt il exprime, pour la fatalité qu'une antique malédiction fait peser sur la race d'Israël, une sympathie banale ; tantôt il manifeste une antipathie non moins banale dans l'emploi qu'il fait du mot *juif*, avec les divers sens péjoratifs auxquels on le fait couramment servir... Mais un juif est un homme.

un juif de France est un citoyen français ; cela suffit pour qu'au seuil du xxᵉ siècle la secte antisé-
mite eût frappé de stupeur ces fils de la Révolution,
Michelet, Victor Hugo, comme un anachronisme
monstrueux, comme un retour horrible de cet

> Exécrable passé qui toujours se relève
> Et sur l'humanité se dresse menaçant.

I

Laissons maintenant Michelet, pour n'étudier
dans ce discours que Victor Hugo, considéré
comme « dreyfusard ».

J'ai des raisons très fortes de croire que le grand
poète se serait apitoyé sur le martyr de l'Ile du
Diable et qu'il aurait maudit ses bourreaux ; et la
première de toutes, c'est qu'en vérité il l'a fait.
Écoutez ces vers :

> Reste, ô sombre innocent, dans ton opprobre inique ;
> Garde ce crime, ainsi que l'ardente tunique
> Qui devient la peau même et qu'on n'arrache pas...
> Sois pour toujours muré dans le noir déshonneur...
> On t'enferme éperdu dans le forfait d'un autre !

De qui s'agit-il ici, sinon de Dreyfus et d'Ester-
hazy ? Je sais bien que ces vers sont extraits d'une
pièce sur le procès Lesurque. Mais les noms seuls
ont changé ; les choses sont restées exactement les
mêmes ; et ce sont elles qui importent, car elles
conservent leur face invariable dans le renouvelle-
ment des cas particuliers.

La même horreur pour l'injustice a toujours animé Victor Hugo, et c'est ma seconde et capitale raison pour être absolument certain du parti qu'on l'aurait vu prendre dans le procès du jour; je la tire des idées générales et des sentiments généraux dont toute sa poésie est inspirée.

L'auteur des *Châtiments*, et de tant d'autres satires vengeresses qui abondent dans ses œuvres, représente avec plus d'éloquence et de conviction que personne ce qui fait la dignité de l'homme libre, ce qui est le principe même du protestantisme comme de la Révolution, je veux dire la révolte de la conscience et de la raison individuelle contre le nombre et contre la force, si admirés du général Mercier, contre le fait brutal, contre l'autorité légale elle-même quand cette autorité est injuste.

> Oui, quand la lâcheté publique se déploie,
> Il me plaît d'être seul et d'être le dernier.
> Quand le *Væ victis* règne et va jusqu'à nier
> La quantité de droit qui reste à ceux qui tombent,
> Quand, nul ne protestant, les principes succombent,
> Cette fuite de tous m'attire. Me voilà...
>
> Fût-on cent millions d'esclaves, je suis libre.
> Ainsi parle Caton. Sur la Seine ou le Tibre,
> Personne n'est tombé tant qu'un seul est debout.
> Le vieux sang des aïeux qui s'indigne et qui bout,
> La vertu, la fierté, la justice, l'histoire,
> Toute une nation avec toute sa gloire
> Vit dans le dernier front qui ne veut pas plier.
> Pour soutenir le temple il suffit d'un pilier.
> Un Français, c'est la France; un Romain contient Rome,
> Et ce qui brise un peuple avorte aux pieds d'un homme...

> Si l'on n'est plus que mille, eh bien! j'en suis; si même
> Ils ne sont plus que cent, je brave encor Sylla;
> S'il en demeure dix, je serai le dixième,
> Et s'il n'en reste qu'un, je serai celui-là.

Voilà le langage sublime de l'idéaliste, ou, tout simplement, voilà la profession de principes de l'honnête homme; car, au fond, ce n'est pas être honnête que de mettre quelque chose au-dessus du devoir sacré d'obéir aux grandes idées morales du bien, du juste et du vrai, que la religion personnifie en Dieu, et peut-être devons-nous conclure de là qu'il y a peu d'honnêtes gens.

L'idéaliste, c'est-à-dire donc l'honnête homme, ne méprise rien tant que la justice relative, représentée par l'appareil concret des lois, des jugements et des tribunaux, lorsqu'elle est en contradiction avec la justice idéale et absolue. Le trône de l'idéale justice, c'est la conscience. Les tribunaux, les jugements, les lois sont *une justice*, qui suffit ordinairement pour satisfaire notre besoin de l'ordre, mais qui, n'étant pas absolument *la justice*, peut contredire les commandements de la conscience, et alors ce n'est point la justice idéale qui doit céder; ce n'est point elle, reine divine, qui doit descendre de son siège souverain pour se soumettre à la justice humaine.

Rien, pas même la loi, ne prévaut contre le droit. « Sauvage serviteur du droit contre la loi » : c'est en ces termes que Victor Hugo s'est lui-même défini.

Mais où donc un individu chétif, seul, un zéro

dans l'immense total, peut-il puiser l'assurance de dire : J'ai raison, moi, contre vous tous?

D'abord, le plus souvent, il n'est pas tout seul. Il est soutenu par une élite d'honnêtes gens. Il fait partie d'une de ces minorités, fières de leur petit nombre, mais désireuses de l'accroître, et qui ont une force intellectuelle et morale grandissante par le pouvoir de la vérité jusqu'au jour où, ayant la force numérique, elles cesseront d'être intéressantes. La raison est, par excellence, l'avantage de l'élite ; l'élite est, par définition, le petit nombre, et rien n'est plus honteux, plus lâche, plus indigne d'esprits cultivés et d'âmes « un peu bien situées » que l'argument des siècles passés, restauré de nos jours par de misérables apostats du droit, qui consiste à écraser la justice et la vérité hérétiques sous le poids et la masse de l'innombrable orthodoxie de l'erreur. Mais en fait, comme en doctrine, le juste peut être seul. Et alors où puise-t-il sa force? Dans l'idéal.

Pour les croyants, l'idéal c'est Dieu. Il est clair qu'assisté de l'Être tout-puissant, le juste n'est plus seul. Il y a de grands révoltés, Luther, par exemple, seul contre Rome, c'est-à-dire en l'an 1520 contre le monde entier, dont on ne peut concevoir la résistance victorieuse à l'oppression que par un appel de toutes les minutes au secours du Dieu en qui il croyait. Le juste des justes et le saint des saints, la victime la plus auguste de la loi, n'a pu accomplir à lui tout seul la plus grande révolution morale de l'histoire que parce qu'il vivait en com munion intime et incessante avec son Père céleste.

On traite d'exaltation religieuse l'état d'âme des adorateurs de l'idéal. La vérité est qu'eux seuls sont de braves cœurs, tout simplement, et que les tristes sires servilement résignés à respecter l'appareil concret de la justice, les tribunaux, les lois, le gouvernement, l'armée, plus que l'idéal devoir de justice dont l'évidence éblouit leur raison et leur conscience, ne sont pas même d'honnêtes gens.

Je devrais dire qu'ils ne sont pas des hommes.

> Ils s'appellent Vulgus, Plebs, la tourbe, la foule,
> Ils sont ce qui murmure, applaudit, siffle, roule,
> Bat des mains, foule aux pieds, bâille, dit oui, dit non,
> N'a jamais de figure et n'a jamais de nom...
> Ils sont les passants froids...
> Le bas du genre humain qui s'écroule en nuage,
> Ceux qu'on ne connaît pas, ceux qu'on ne compte pas...
> L'ombre obscure autour d'eux se prolonge et recule ;
> Ils n'ont du plein midi qu'un lointain crépuscule,
> Car jetant au hasard les cris, les voix, le bruit,
> Ils errent près du bord sinistre de la nuit...
> Ceux qui vivent, ce sont ceux qui luttent ; ce sont
> Ceux dont un dessein ferme emplit l'âme et le front.

On objecte que ces héros du devoir qui vivent et qui luttent sont fragiles, et que leur destinée presque fatale est d'être brisés et vaincus. Qu'importe ?

> Les dieux sont aux vainqueurs, Caton reste aux vaincus.
> Kosciusko surgit des os de Galgacus.
> On interrompt Jean Huss, soit ; Luther continue.
> La lumière est toujours par quelque bras tenue.

<blockquote>
On mourra, s'il le faut, pour prouver qu'on a foi ;
Et volontairement, simplement, sans effroi,
Des justes sortiront de la foule asservie,
Iront droit au sépulcre et quitteront la vie.
</blockquote>

On objecte encore (et ceci est plus grave) que l'individu en rupture d'idées avec l'opinion dominante court un grand risque de se tromper, que l'erreur devient crime quand elle est révolutionnaire, et qu'à trop mépriser « l'appareil concret de la justice », on s'expose à de fâcheux démêlés avec les tribunaux. C'est vrai. J'avoue franchement que dans l'ordre des vérités morales, politiques, religieuses, comme des vérités littéraires, dans tout ce qui est matière de foi, non de science, je ne connais point de garantie pour la certitude. Quand notre devoir est incertain, nous pouvons le reconnaître avec beaucoup de probabilité à ce signe, qu'il n'agrée pas à nos goûts, qu'il coûte à notre nature un effort et qu'il exige un sacrifice. Victor Hugo expiant dans l'exil sa résistance à l'Empire rendait très probable la vérité de la cause qu'il avait embrassée. Les citoyens libres qui paient de leur position et de leur fortune le refus de prêter serment à un usurpateur, les martyrs qui paient de leur vie leur attachement fidèle au vrai Dieu, élèvent au plus haut degré possible de probabilité la vérité pour laquelle ils se ruinent ou pour laquelle ils meurent. Quand Zola, Picquart, Monod, Pressensé, Trarieux voient aboyer à leurs trousses tous les chiens enragés de la presse immonde, quand Auguste Couat et Félix Pécaut expirent dans une grande tristesse patriotique, quand Scheurer-Kestner succombe à son tour, victime de toutes les misères physiques que cette même tristesse, que ces mêmes outrages lui ont causées et auxquelles sa constitution, moins robuste que celle de Reinach, n'a pu résister, il est infiniment probable que l'idée pour laquelle souffrent et meurent tous ces grands hommes de bien est la vérité. Mais ce n'est qu'une probabilité. Il faut admettre théoriquement qu'ils peuvent s'être trompés. Sans quoi, nous serions obligés de dire que le ridicule Déroulède et le féroce Guérin, depuis qu'ils souffrent plus ou moins de leur sottise et de leur crime, sont des martyrs de la vérité, et l'absurdité de cette conséquence fait voir que le principe n'est point sûr. Il faut admettre la possibilité de l'erreur, bien moins comme la misère des êtres libres que comme leur plus haut privilège. Le droit à l'erreur est le droit viril de la liberté. Il n'y a de garantie contre les aventures de l'intelligence, contre l'agitation féconde de la pensée, que dans les langes du nourrisson endormi sur le sein de la bonne mère qui berce son sommeil.

II

Dans une pièce de l'*Année terrible*, Victor Hugo appelle la conscience « une vierge », et la raison d'État « une fille publique ». Qu'est-ce que la raison d'État ? C'est la voix qui dit, par la bouche de

Caïphe : « Mieux vaut la mort d'un homme, fût-il innocent, que la ruine de tout un peuple », et la multitude des âmes basses et des esprits courts s'écrie en chœur : « Comme c'est évident ! comme c'est juste ! » Non, peuple sans conscience et sans idéal, c'est un crime ; et ce qui est, non pas évident pour les yeux des myopes ou des aveugles, mais sensible à la raison du philosophe et démontré par l'histoire, c'est que ce crime sera suivi d'un châtiment divin et puni un jour par la destruction de Jérusalem.

> Un monde, s'il a tort, ne pèse pas un juste...
>
> Cent mille hommes couchés sur un champ de bataille...
> Sont un malheur moins grand pour la société,
> Sont, pour l'humanité, qui sur le vrai se fonde,
> Une calamité moins haute et moins profonde,
> Un coup moins lamentable et moins infortuné
> Qu'un innocent, un seul innocent, condamné.

A la maxime infâme de Caïphe s'oppose celle qui est le scandale des politiciens, mais qu'approuvent tous les philosophes dignes de ce nom : *Fiat justitia, pereat mundus !* « Que justice se fasse, dût le monde périr ! » Pourquoi ? parce que la vie d'un monde où la justice ne règne pas serait le déclin sûr et rapide d'une santé trompeuse et condamnée à brève échéance, tandis que d'une héroïque opération, comme l'est quelquefois l'œuvre de la justice bouleversant la criminelle tranquillité d'un État, peut sortir le salut du malade qui se croit bien portant en courant vers la mort.

Victor Hugo, comme on pense bien, n'a aucun respect pour la « chose jugée ». A-t-il raison ou tort? Il a tort, car une telle licence précipite la société dans l'anarchie. Il a raison, car la justice humaine est faillible, et la conscience des individus a le droit de la trouver injuste. Je défie qu'on résolve par quelque moyen terme cette contradiction absolue. Il faut choisir : ou la soumission aveugle à l'autorité, ou la libre critique de ses décisions et de ses actes. Je choisis, moi, la libre critique, et je dis que Victor Hugo a eu raison de traiter sans respect la chose mal jugée.

La bonne volonté de trouver droit, pour l'amour de l'ordre public, ce qui est visiblement de travers, ne saurait être attendue de tous les hommes sans exception. J'entends bien que ce résultat heureux étant dû à l'éducation, à la discipline, on peut raisonnablement l'espérer du grand nombre dans un pays morigéné comme il faut; mais il y aura toujours, Dieu merci, quelques réfractaires, et c'est grâce à eux que le mouvement, le progrès, la vie s'entretiennent dans l'histoire et dans l'humanité. Sans cette élite intellectuelle et morale, tout dans un peuple serait troupeau, et la France, sage comme l'enfant qui dort, aurait la belle immobilité de la Chine, qui ne se remue et ne se fâche que si quelqu'un essaie de troubler son sommeil vingt fois séculaire.

L'attrait des uns pour l'ordre et pour la paix que l'autorité procure, des autres pour les hasards de la liberté, divise les hommes en deux classes. Une grande crise, comme celle de l'affaire Dreyfus, les révèle dans leur vraie nature ; on voit les caractères contredire parfois les éducations, et rien n'est plus intéressant, rien n'est plus nouveau que ce spectacle. Tel, qui avait été élevé dans une servile obéissance à la règle, se montre soudain capable de raisonner et d'agir avec indépendance, et nous avons alors la joie de saluer cette élite d'esprits si exquise et si rare, les catholiques affranchis et libéraux ; beaucoup d'autres, hélas ! nourris dans la religion du libre examen, font paraître un tel manque de sens critique et moral, une si lourde ignorance, une soumission si plate et si lâche à l'église de la majorité, que le protestantisme dégoûté voudrait vomir loin de sa bouche ces faux fils qui, au xvie siècle, auraient livré, n'en doutez pas, Luther et Calvin à la justice de Rome.

A propos du procès Lesurque, à propos aussi de l'aveu arraché par les juges de 1862 à une pauvre femme innocente, nommée Rosalie Doise, Victor Hugo avait déjà satirisé la chose jugée dans un temps où cette fiction, contente d'être une absurdité simple, n'était pas encore devenue le double non-sens qu'elle est aujourd'hui, depuis que la chose jugée est représentée par deux sentences contraires, également légales toutes les deux, qui se donnent l'une à l'autre un démenti et un soufflet.

...Et vous vous figurez que votre arrêt existe ?
Ah ! nous déchirerons, nous tordrons, nous mettrons
En pièces la sentence atroce sur vos fronts !...
Vous imaginez-vous, ô sombres imbéciles,

> Qu'après l'arrêt bavé par vos bouches fossiles,
> Tout est dit; que c'est fait, que vous avez ôté
> Du monde l'équilibre et des cœurs l'équité;
> Que vous êtes, magots toussant dans vos flanelles,
> Quelque chose à côté des clartés éternelles,
> Et qu'il sort du bouquin légal un tel pouvoir
> Que l'homme empêche Dieu de faire son devoir!

Les méchants juges sont une des bêtes noires de la satire de Victor Hugo, et les mauvais prêtres en sont une autre. A force d'avoir vu l'injustice des hommes qui sont établis pour rendre la justice, le mensonge de ceux qui devraient être les flambeaux de la vérité, Victor Hugo a fini par ne plus voir partout que des juges injustes et des prêtres menteurs, et c'est l'évidente exagération de sa poésie satirique, à laquelle il faut demander d'autres qualités que le mérite des fines nuances et des distinctions délicates.

La bassesse innée, l'appétit de servitude qui agenouille les robes de juges, comme les robes de prêtres, aux pieds d'un maître armé du sabre,

> Jésuites que d'un signe on ferait jacobins,
> Valetaille à genoux sous le plat d'une épée,

est un des principaux thèmes des *Châtiments*. Et l'alliance éternelle du sabre et de la mitre contre nos libertés, l'hypocrisie de l'Église, qui feint de ne pas verser elle-même le sang, mais qui bénit les poignards par lesquels le sang est versé, lui inspire une horreur particulière :

> ...Amnistie au coquin qui se donne pour tel!
> Mais, quand l'assassinat s'étale sur l'autel

Et que sous une mitre un prêtre l'escamote...
Quand j'attends la caverne et que je vois l'église;
Quand le meurtre sournois...
Prend un cierge, se signe, ânonne un livre d'heures...
Et de sa corde à nœuds se fait un chapelet,
Alors, ô cieux profonds! ma prunelle s'allume,
Mon pouls bat sur mon cœur comme sur une enclume.
Je sens grandir en moi la colère, géant,
Et j'accours éperdu, frémissant, secouant
Sur ces horreurs à l'âme humaine injurieuses,
Dans mes deux mains, des fouets de strophes furieuses !

III

Non moins que la justice quand elle se vend à quelque dictateur, non moins que l'Église quand elle lave et sanctifie dans l'eau du bénitier les crimes qui lui servent, Victor Hugo flétrit la paresse morale, la lâcheté de certains philosophes qui soumettent leur raison et leur conscience à l'autorité du fait accompli; c'est une des parties les plus intéressantes de la satire si riche et si variée du grand poëte idéaliste.

On a enseigné très spécieusement en notre siècle que tout ce qui arrive devait arriver, que tous les faits ont, dans un enchaînement de causes nécessaires, leur explication suffisante, que dès lors il est aussi puérilement vain de les condamner que de les approuver, et que le seul effort qui soit digne du sage, c'est de les comprendre.

Dans une pièce des *Châtiments* intitulée *A Juvénal*,

Victor Hugo expose ironiquement cette doctrine pleine de sagesse en apparence :

> Retournons à l'école, ô mon vieux Juvénal !
> ....C'est au fait qu'il faut croire...
> A quoi bon s'exclamer? à quoi bon s'indigner?...
> Peut-on blâmer l'instinct et le tempérament?
> Ne doit-on pas se faire aux natures des êtres?
> La fange a ses amants et l'ordure a ses prêtres...
> Le paradis du porc, n'est-ce pas le cloaque?...
> Donc, laissons aboyer la conscience humaine
> Comme un chien qui s'agite et qui tire sa chaîne.
> Guerre aux justes proscrits ! Gloire aux coquins fêtés !
> Et faisons bonne mine à ces réalités.

Voilà bien la doctrine. Rigoureusement, brillamment formulée par les plus illustres penseurs de ce siècle, elle y a obtenu un immense succès, légitime jusqu'à un certain point; elle a exercé sur toute la critique moderne une profonde influence; car, d'abord, on était heureux d'avoir des raisons plausibles pour laisser plus ou moins dormir cette gêneuse, la conscience morale; et il faut bien avouer aussi que la méthode nouvelle d'expliquer patiemment les choses, au lieu de se passionner pour ou contre elles, souvent à l'étourdie, comme on faisait autrefois, a répandu sur toutes les questions littéraires, historiques, religieuses, etc., des flots abondants de lumière. On a compris l'histoire beaucoup mieux que par le passé. Mais voici le revers de la médaille.

Les généreuses ardeurs de nos pères se sont éteintes. On a traité de déclamations naïves les sentiments et les idées qui les enthousiasmaient. Des dilettantes ont dit, jusque sous la coupole de l'Institut :

> Nous sommes revenus de tous ces grands mots creux,
> Progrès, Fraternité, mission de la France,
> Droits de l'homme, Raison, Liberté, Tolérance.

Taine écrivait, dans son *Introduction* à l'*Histoire de la Littérature anglaise*, cette phrase qui faisait bondir de colère Victor Hugo, et que le grand poète me citait à Guernesey en 1868 avec indignation : « Le vice et la vertu sont des produits comme le vitriol et le sucre. » La glorification de la force brutale couronne logiquement la doctrine de l'explication calme et philosophique, c'est-à-dire, ne nous y trompons pas, de l'excuse et de la justification des faits, et c'est alors que des littérateurs sceptiques osent insinuer, de concert avec les pires ennemis de la liberté et de la civilisation :

> Un grand sabre serait d'utilité publique.
> Est-ce qu'il n'est pas temps d'exterminer la clique
> Des songeurs, des rêveurs, des penseurs, des savants,
> Et de tous ces semeurs jetant leur graine aux vents,
> Et de mettre au pavois celui qui nous fait taire,
> Et de souffler sur l'aube et d'éteindre Voltaire ?

Le sophisme spécieux qui supprime de la critique le blâme et l'éloge remplacés par la tranquille explication des faits, des œuvres et des actes, peut donc régner quelque temps, et même assez longtemps, à la faveur de la satisfaction intellectuelle qu'il procure. Mais il n'établit pas son empire sur

les esprits sans énerver et affaiblir la trempe des
caractères. Non, non, il n'est point sain de faire
toujours « bonne mine » à la réalité quelle qu'elle
soit, de trop accoutumer son âme à souffrir tout
ce que font les hommes et tout ce qu'ils sont, et
de tellement s'apprivoiser « aux natures des êtres »
qu'on finisse par contempler sans dégoût « le para-
dis du porc », c'est-à-dire le cloaque, sans horreur
celui du loup et de l'hyène, c'est-à-dire le char-
nier ! Qu'un Deux-Décembre éclate dans cette séré-
nité trompeuse avec laquelle tant de faux sages
confondent leur lâche apathie, on voit alors l'effet
démoralisant de la doctrine : la société corrompue
se soumet servilement au fait accompli, comme à
« une opération de police un peu rude »; seuls, un
petit nombre d'hommes fiers, chez qui la sève morale de la nation s'est réfugiée, refusent de fléchir
le genou devant Baal.

Une violente crise comme celle qui vient de se-
couer la France, et qui nous a mis à deux doigts
d'une guerre religieuse et civile, est un autre exemple
de ces coups de tonnerre qui réveillent en sursaut les
âmes endormies par l'immorale doctrine de l'autorité souveraine du fait. Oh ! combien ceux qui hési-
tent, balancent, tiennent le juste milieu, examinent
le pour et le contre et pèsent scrupuleusement la
quantité de droit qui peut se trouver dans le camp de
l'adversaire, nous deviennent alors insupportables
comme les étranges rêveurs d'un autre temps ! La
parole désormais n'est plus aux historiens qui con-
statent et qui expliquent ; elle est aux hommes d'ac-

tion qui lancent les mots d'ordre dans la mêlée. La conscience endolorie ne peut trouver aucun repos dans l'intelligence du mal dont elle a le spectacle ; elle n'en trouve que dans l'accomplissement du devoir de prendre parti pour le bien. Loin de calmer le juste, l'analyse des raisons de l'ennemi ne sert qu'à l'irriter davantage. Quand j'ai vu, de nos jours, tant d'hommes se mettre volontairement hors de l'humanité, hors de la justice, hors de l'évidence, je n'ai reconquis ma paix intérieure, après quelques efforts désespérés pour les comprendre, qu'en les laissant, avec un parfait mépris, dans le troupeau des bêtes sans raison où ils se rangeaient. En ces temps extraordinaires, des sceptiques se révèlent gens de cœur ; Philinte se change en Alceste ; Anatole France devient un soldat de la vérité, et Montaigne lui-même relève sa plume qui trace pour son honneur ces lignes sérieuses et viriles : « De se tenir chancelant et métis, de tenir son affection immobile et sans inclination, aux troubles de son pays et en une division publique, je ne le trouve ni beau ni honnête. »

Victor Hugo a éloquemment revendiqué, contre une certaine philosophie de l'histoire, le droit et le devoir d'opposer le farouche refus de la conscience aux faits que nous présente la réalité, même avec toutes les explications lumineuses qui non seulement les rendent acceptables sans peine à la raison, mais qui font de leur intelligence une vraie fête pour l'esprit. Il consent à manquer d'esprit, quand l'esprit est l'oubli des vertus du cœur ; à

manquer d'intelligence, quand l'intelligence est
l'abdication de la conscience :

> Oui, vous avez raison, je suis un imbécile...
> Et vous me raillez, soit. Eh bien, je vous le dis,
> Je ne me repens point ; je trouve bon, limpide,
> Consolant, honorable et doux, d'être stupide.
> Etre inepte me plaît, me charme et me sourit,
> Puisque je vois comment sont faits les gens d'esprit...
> J'étais en terre ferme, au port, en sûreté,
> J'ai vu des naufragés qui s'enfonçaient dans l'ombre,
> Sans aide, et j'ai sauté sur le vaisseau qui sombre,
> Aimant mieux leur malheur que votre joie à tous,
> Et périr avec eux que régner avec vous.

Le grave poëte adresse aux historiens ces fortes
paroles :

> Soyez juges, soyez apôtres, soyez prêtres...
> Ne me racontez pas un opprobre notoire
> Comme on raconterait n'importe quelle histoire,
> ....Qui me calme, me fâche..
> Et l'explication finit par ressembler
> A l'indulgence affreuse...
> Quoi ! vous m'expliquerez le pourquoi de la fange !...
> Ma strophe est l'Euménide et je poursuis Oreste...
> Je suis content de vous, si votre plaidoyer,
> Justes historiens, consiste à foudroyer...
> Ne faisons point douter les hommes ; laissons-leur
> L'horreur du meurtrier, du menteur, du voleur ;
> Ne troublons pas en eux la notion du juste...
> Si vous livrez le peuple au scepticisme obscur,
> Il ne sait plus quelle est la lueur qui le mène ;
> Alors tout flotte, alors la conscience humaine
> A des blêmissements pires que la noirceur...
> .... Pour l'âme épouvantable et vile...
> Les sombres firmaments n'admettent pas d'excuse.

IV

Victor Hugo est donc et il veut être, non un contemplateur impassible des choses humaines comme Spinoza ou comme Gœthe, mais un vengeur et un justicier, comme Juvénal.

Lui reprochera-t-on d'avoir passé la mesure et d'avoir abreuvé de trop d'outrages ceux que la Bible nomme « les méchants », ceux que Jésus-Christ lui-même insultait, les appelant « race de vipères », et encore : « larrons », « voleurs » et « meurtriers »? Ici, il y a une distinction essentielle à faire.

Presque toute la satire de Victor Hugo est relevée et attendrie par un grand et profond sentiment de pitié et d'amour, et nous verrons, avant de terminer, avec quelle éloquence ce sentiment se fait jour dans la plupart des cas. Mais il y en a quelques-uns où la bonté ne serait point à sa place, où l'outrance implacable de l'invective est légitime, où tout autre langage serait faible, inutile et vain.

Quels sont-ils ces cas exceptionnels et rares où l'injure devient, où elle reste la seule et suprême ressource de l'honnête homme? En voici un, que Victor Hugo n'a pas connu, mais dont nous pouvons être sûrs qu'il aurait inspiré à sa poésie des accents encore inouïs dans le vocabulaire insultant de la colère. Et c'est, tout simplement, l'histoire cent fois racontée que chacun de nous sait par cœur.

Des critiques, des historiens, des poètes, d'une science très bien informée, d'une culture exceptionnellement fine et profonde, savent, à n'en pas douter, qu'une erreur, pis que cela, un crime judiciaire a été commis. Un malheureux officier de l'armée française s'est vu condamner, quoique innocent, victime de haines personnelles et religieuses, victime aussi d'une machination qui avait pour but de sauver les coupables. La chose a été rendue si évidente, que tout le monde civilisé en a frémi d'horreur. Simplement probable d'abord, mais d'une probabilité rapidement grandissante, fondée sur des présomptions morales, sur des soupçons légitimes, sur des faits accessoires et connexes d'où se tiraient des déductions logiques, elle est devenue certaine, positive et palpable par la découverte d'un des auteurs du crime, par sa fuite, son aveu formel et par celui de son principal complice qui, se voyant perdu, s'est suicidé.

La plus haute justice du pays, réunie extraordinairement en cour plénière, contrairement à la loi, par un gros politicien retors qui espérait une basse complaisance de tant de juges rassemblés, a dû, cédant à l'évidence, proclamer à l'unanimité le vice du procès et ordonner sa revision. Mais un nouveau conseil de guerre a condamné une seconde fois le prévenu, avec des hésitations visibles, avec d'absurdes contradictions dans la sentence, sans conviction et sans franchise, manifestement décidé, dans le vide et le néant des preuves, par un respect tout militaire pour un général, ancien ministre de la guerre et artisan très compromis de la première condamnation, qui avait eu l'insolente audace de dire : Lui ou moi.

Aussitôt le président de la République signait un décret de grâce, mesure pressante et que chacun sentait absolument nécessaire, pour que l'honneur de la France ne croulât point sous le mépris universel.

Voilà ce que savent les critiques exercés, les historiens instruits, les poètes délicats et sensibles dont je parlais, et ils font comme s'ils ne le savaient pas ! Que dis-je ? ils écrivent et ils agissent avec le parti pris de fermer leurs yeux à la lumière et de collaborer de toute leur puissance à la plus énorme injustice de l'histoire contemporaine !

S'il s'agissait d'autres hommes, on pourrait raisonnablement espérer de les éclairer. Il faudrait s'y prendre avec eux par la douceur, la charité, la pitié, leur apprendre ce qu'ils ignorent, leur apporter des raisons et non des injures. On leur expliquerait avec patience la genèse et les progrès du triste désordre dont souffrent les esprits, les cœurs, les amitiés, les affaires ; on leur en nommerait les auteurs responsables, qui jamais ne furent ceux qui ont faim et soif de justice, car ceux-là sont l'espoir et l'âme de la patrie. On réfuterait, pour leur instruction, les sophismes par lesquels une raison pervertie, alliée à une méchanceté diabolique, a changé le mal en bien et la vérité en mensonge : « l'honneur de l'armée », « la raison d'État », « la patrie d'abord », la France

aux Français »; le prétendu intérêt de l'étranger à
feindre contre nous une indignation qui n'est que
la satisfaction de sa haine, et la prétendue compli-
cité de nos grands hommes de bien avec nos ennemis. On leur ferait voir que la partie est distincte
du tout, et que vouloir rendre à l'armée l'honneur
par le châtiment des individus qui la déshonorent,
c'est vraiment la servir et non l'insulter, mais que
des hommes stupides ont fait d'ailleurs tout ce
qu'il fallait pour solidariser ce grand corps avec
ses membres malades. On leur montrerait qu'il y
a dans l'humanité en général quelque chose qu'on
appelle la raison et le cœur, et qu'il est tout natu-
rel que la chair et le sang du monde se soient
émus devant une iniquité qui ferait crier les
pierres. On leur dirait que le mal engendre le mal
et que le bien ne saurait en sortir, sinon par la
bonté de Dieu et par une sorte d'alchimie supé-
rieure de la Providence; que le bien doit être fait
pour lui-même, seulement parce qu'il est le bien,
et que subordonner l'exercice de la justice à la
considération de la paix et de la prospérité de la
patrie, c'est oublier que rien, fût-ce la patrie, n'est
au-dessus de la justice; c'est méconnaître que la
patrie, avec un crime public sur la conscience, ne
peut plus vivre ni tranquille, ni heureuse, ni digne
qu'on reste fier de lui appartenir. On leur ferait
comprendre que la France ne sera point aux vrais
Français le jour où les meilleurs de ses enfants,
exterminés par une persécution nouvelle, iraient
porter ailleurs leur intelligence et leurs vertus. On

dévoilerait enfin à leurs yeux toute la manœuvre scélérate de la presse antifrançaise, qui a changé un peuple renommé pour sa générosité et pour sa raison en une bande de fous furieux prêts à danser autour des bûchers rallumés des juifs, des protestants et des libres penseurs, en hurlant : « A mort ! » sans savoir pourquoi.

Mais avec des gens de haute et fine culture, humanistes brillants, anciens élèves de l'École normale, membres d'académies, maîtres de la jeunesse et oracles du public lettré, que voulez-vous qu'on dise ? que voulez-vous qu'on fasse ?

Ils ont lu Shakespeare et ils savent que « dans l'État du Danemark il y avait quelque chose de vermoulu » parce qu'un grand crime, resté sans vengeance, pesait sur la conscience du pays. Ils ont lu Corneille et ils savent qu'un patriote aveugle et farouche, un « nationaliste », dans l'âme brutale duquel toute humanité est éteinte, est un monstre dont la vue

> Fait qu'on rend grâce aux Dieux de n'être pas Romain
> Pour conserver encor quelque chose d'humain.

Ils ont lu l'histoire et ils savent par quel fréquent accident la justice humaine se trompe, mais quels héroïques efforts il faut faire pour obtenir que ses erreurs soient réparées, et quelle gloire est promise aux vaillants hommes d'étude devenus hommes d'action, qui ont sacrifié leur repos égoïste à cette entreprise généreuse. Ils ont exercé leur psychologie et ils comprennent pourquoi la réparation, relativement aisée dans le principe, se complique, jour après jour, de toutes sortes de difficultés, par la révolte de l'orgueil, par l'obstination du point d'honneur, par l'engrenage fatal qui commande de mentir lorsqu'on a menti une fois, d'appuyer les faux sur les faux et, pour sauver un crime, d'en commettre une effroyable série. Ils ont fait leur logique et ce n'est pas à eux qu'on a besoin de rapprendre que la partie est distincte du tout ; mais ils exploitent l'imbécillité des simples, si prompts à oublier les vérités les plus élémentaires. Ils ont, on doit le supposer, le sens commun et ils répètent, comme s'ils y croyaient, toutes les bourdes mises en circulation par une presse éhontée : le « syndicat », l'or « cosmopolite », les « millions » de l'étranger, etc., et ils disent ou ils insinuent que les quarante-sept juges de la Cour de Cassation étaient vendus, montrant, par un prodige nouveau, sur les sièges de l'Athénée et de l'Aréopage, ou des faibles d'esprit dont la vraie place serait dans une maison de santé, ou de vils plumitifs dignes de faire leur partie dans le chœur des reptiles qui sifflent et qui bavent. Ils ont tellement perdu tout sens moral qu'ils ne meurent pas de honte en songeant qu'ils combattent, avec les journaux abjects et la populace imbécile, avec l'ignorance et le mensonge, avec le nombre, la force et la nuit, contre ce qu'il y a de plus désintéressé et de plus noble en France, contre l'élite des braves cœurs et des consciences droites, qui, pour que la justice ne fût pas souffletée, pour que la vérité ne pérît pas sous la violence, ont dit adieu à leurs études, à leur sommeil, à leur paix, à leurs amis, à leur position, à leur santé et même à leur vie !

Je dis que ces critiques, ces historiens, ces poètes, mettant leur plume au service d'une iniquité dont ils ne doutent pas, puisqu'ils sont intelligents et instruits, ne peuvent subir qu'un traitement digne de leur crime : le *fouet*, j'entends l'outrage avec ses coups les plus rudes et les plus cinglants ; je dis que tout le vocabulaire injurieux de la satire suffit à peine pour habiller comme il conviendrait, pour flétrir par des paroles assez insultantes de prétendus républicains, traîtres à la justice, cette première vertu des républiques, et que le grand poète des *Châtiments* les eût traînés dans la boue et foulés aux pieds avec plus de mépris que les valets de l'Empire.

V

Mais la pitié et l'amour tempèrent la fureur des insultes toutes les fois que l'objet de la satire de Victor Hugo est une personne d'ailleurs sacrée et vénérable, momentanément égarée par des criminels qui en ont fait une bête méchante, comme l'armée ou comme la patrie.

La terrible pièce des *Châtiments*, *A l'obéissance passive*, traite un sujet extrêmement scabreux ; car la conscience hésite et se trouble entre ces deux devoirs contraires du soldat : résister à l'ordre parce qu'il est injuste, ou l'exécuter parce qu'il est l'ordre et que tout s'écroule avec la discipline. Il semble vraiment qu'il y ait, dans la société, une immense majorité d'hommes dont la loi morale soit d'être *passive*, comme le sont, dans l'ordre matériel, les bêtes et les choses. Plus on descend dans la hiérarchie, moins l'intelligence a le droit de penser ; moins peut vivre, agir et parler ce qui fait la dignité de l'homme : la liberté et la raison. Le sous-lieutenant qui refuse d'obéir paraît plus coupable, il est réellement plus téméraire que l'officier supérieur, et quant au simple soldat qui ose dire non, il doit s'attendre à être fusillé. Victor Hugo a senti cette inégalité. Il fait tomber les responsabilités sur qui de droit. Il s'attaque surtout aux chefs libres et intelligents ; mais la servitude du bétail militaire l'indigne moins qu'elle ne l'attriste.

Il y a une chose dont il a horreur par-dessus tout : c'est des représailles sanglantes, c'est du meurtre légal. Jamais de sang ! jamais la mort ! Voilà l'éternel refrain de toutes ses poésies, même les plus véhémentement satiriques.

> Non, que pas un cheveu ne tombe d'une tête...
> Ce qu'il faut, ô Justice ! à ceux de cette espèce,
> C'est le lourd bonnet vert, c'est la casaque épaisse...
> C'est le boulet roulant derrière leur talon...
> Et les sabots sonnant sur le pavé du bagne !

Républicain radical, Victor Hugo est en même

temps ou plutôt il est d'abord républicain libéral, puisqu'il réclame avec une généreuse imprudence la liberté pour tout le monde, même pour ceux dont il n'ignore pas que, le jour où ils seraient les plus forts, le premier usage qu'ils feraient de leur victoire serait de confisquer la liberté.

Il estime que la justice n'est complète que lorsqu'elle s'achève et se couronne par la charité, et il éprouve pour les auteurs mêmes de tout le mal qui se commet sur la terre une compassion sublime, qu'il appelle la « Pitié suprême ».

Il est ardemment patriote ; mais notons bien une chose pour l'instruction des « nationalistes » : ce qui l'attache par un profond amour à la patrie française, c'est qu'elle est la plus universellement humaine des patries, c'est qu'elle s'est toujours montrée dans l'histoire l'avant-garde du progrès, de la civilisation, de l'humanité. Oh ! quelle colère, mais en même temps quelle pitié Victor Hugo aurait eues au cœur s'il avait vu, en une nouvelle « année funeste », sa patrie bien-aimée, sous l'influence criminelle d'une presse dont aucune épithète ne peut qualifier la trahison, mentir à ses traditions généreuses, oublier, avec les qualités de son cœur, celles de son esprit, sortir de sa nature, sortir momentanément de l'humanité même, pour prendre, hélas ! les deux caractères de la brute, qui sont la férocité et la stupidité, renier les conquêtes de la Révolution, la tolérance religieuse, l'égalité devant la loi, les droits du citoyen et de l'homme, redevenir sectaire, fanatique, altérée d'iniquité et

de sang, prête aux luttes fratricides, et aspirer à
redescendre dans la nuit d'où l'aurore de 89 l'avait
tirée !

Dans une satire d'une singulière éloquence, intitulée *Applaudissement*, Victor Hugo crie : bravo ! à
la France déchue, et cela d'abord a tout l'air d'une
ironie ; mais l'ironie n'est qu'apparente. Dans la
foi ferme et joyeuse de son invincible optimisme,
le poète se félicite, en vérité, d'une chute si profonde de la France qu'il est impossible qu'elle ne
rebondisse pas, sous sa honte enfin aperçue et
sentie, jusqu'à la hauteur d'où elle est tombée :

> C'est bien, descends encore et je m'en réjouis,
> Car ceci nous promet des retours inouïs...
> Le monde, au jour marqué, te verra brusquement
> Égaler la revanche à l'avilissement,
> O Patrie, et sortir, changeant soudain de forme,
> Par un immense éclat, de cet opprobre énorme !
> Oui, nous verrons, ainsi va le progrès humain,
> De ce vil aujourd'hui naître un fier lendemain,
> Et tu rachèteras, ô prêtresse, ô guerrière,
> Par cent pas en avant chaque pas en arrière !
> Donc recule et descends, tombe, ceci me plaît !...
> Descends, car le jour vient ; descends, car l'heure approche
> Car tu vas t'élancer, ô grand peuple courbé,
> Et, comme le jaguar dans un piège tombé,
> Tu donnes pour mesure, en tes ardentes luttes,
> A la hauteur des bonds la profondeur des chutes !

VI

Nous avons besoin de cette espérance. La
France est forte, la France est grande, la France

est bonne, sensée et humaine ; mais elle est naïve
et impressionnable à l'excès. Qu'un démon l'enjôle
et l'empaume, qu'il glisse à l'oreille de cette Ève
candide les paroles flatteuses : « Tu es belle, tu es
toute-puissante, rien au monde ne peut te résister ;
ton caprice doit être ta seule loi ; ceux qui vien-
nent troubler tes plaisirs et tes affaires en te par-
ant de tes devoirs sont les ennemis de ton bon-
heur et de ta paix », elle se laissera séduire aux
doux murmures du Tentateur avec une incroyable
facilité. Le grand mot mensonger dont le serpent
qui veut sa mort joue aujourd'hui pour la perdre,
et qu'il exploite dans une intention infernale, est
un mot dont Victor Hugo aurait été bien étonné
qu'on pût faire un pareil usage : *patriotisme.*

Oh ! que les choses étaient simples en 1851 ! D'un
côté, le violateur de la patrie ; de l'autre, les vaincus de la république et de la liberté ; celui-là, au
pouvoir ; ceux-ci, luttant et souffrant en exil ; et,
entre eux et lui, la France muette, endormie et
tranquille dans une servile soumission au maître,
l'église, la magistrature et l'armée, soutiens de
l'ordre, étant ses complices. Le poète, dans une
situation aussi nette, n'avait qu'à dire :

> Calme, le deuil au cœur, dédaignant le troupeau,
> Je vous embrasserai dans mon exil farouche,
> Patrie, ô mon autel ! liberté, mon drapeau !
>
> Mes nobles compagnons, je garde votre culte.
> Bannis, la république est là qui nous unit.
> J'attacherai la gloire à tout ce qu'on insulte ;
> Je jetterai l'opprobre à tout ce qu'on bénit.

Mais aujourd'hui que dirait-il? A quelle épreuve sa psychologie simple et franche, éprise de motifs clairs et de conflits tranchés, ne serait-elle pas soumise? A quel supplice son besoin moral de séparer nettement les hommes en deux partis, les méchants et les bons, ne serait-il pas condamné?

Des républicains conspirant pour la monarchie dans l'ombre ou à ciel découvert! Des libéraux faisant litière des droits du citoyen et de l'homme! La révolution française, mère de notre démocratie, raillée et désavouée par sa fille! D'anciennes victimes de Napoléon III devenues les suppôts de la violence et de l'iniquité! De vieux pamphlétaires de l'opposition impériale mettant leur plume au service du césarisme! De si étranges surprises trompant de tous côtés les attentes et les prévisions, que les bras lui tomberaient de douleur et qu'il dirait à chaque instant, avec un sanglot : *Tu quoque, fili!* L'armée acclamée par des bandes de vagabonds si pareils à des gibiers de potence qu'on les croirait aux gages des criminels fauteurs de l'émeute et du désordre de la rue! Et, pendant que ces clameurs avinées éclatent, les honnêtes gens obligés de se taire, parce que cette chère et grande armée refuse de laver son drapeau d'une tache honteuse qui la souille! L'Église, pleine de tendresse pour tous les mensonges, toutes les injustices, toutes les violences et tous les attentats qui peuvent avancer son règne (cela, on y était accoutumé); mais, ce qui ne s'était encore jamais vu, c'est la libre pensée pleine de zèle pour les intérêts de l'Église et

travaillant activement à sa propre perte qui suivra
la victoire de sa plus mortelle ennemie! Le nom
de la patrie, enfin, couvrant un infâme déni de
justice; ce nom sacré devenu le mot d'ordre d'une
ligue soi-disant républicaine, coalisée avec les
réactions militaire, royaliste et cléricale contre
l'honneur, la vertu et les libertés de la France; le
patriotisme invoqué pour glorifier les pires for-
faits, et, par un monstrueux renversement de la
morale, servant à l'apothéose d'un faussaire!

Encore une fois, que dirait Victor Hugo? Je ne
sais; mais je ne connais rien de plus honorable et
pour notre grand poëte et pour la poésie, que le
soupir de l'âme regrettant son absence et disant,
quand il y a un combat à livrer pour quelque noble cause : Oh! s'il avait été là!

Cet appel au secours que peuvent apporter les
beaux vers à la victoire de la justice et de la vérité
implique, dans la vertu de la poésie, un précieux
reste de foi qui est un souvenir de son antique
pouvoir et qui est tout le contraire du dédaigneux
respect avec lequel la critique moderne relègue les
poètes dans les nuages et les écarte de l'action
utile.

Et pourquoi donc la grande poésie serait-elle
moins capable d'agir sur les hommes qu'une prose
infecte dont personne aujourd'hui ne peut songer
à nier l'influence? S'il y a une vérité, contestée
autrefois par je ne sais quels rêveurs dormant les
yeux ouverts, mais que notre grande crise a éclai-
rée comme d'un coup de foudre, c'est que le jour-

nal à un sou est omnipotent, puisqu'il a réussi à oblitérer dans tout un peuple ses qualités natives de bon sens, d'esprit net et clair et de sensibilité généreuse. L'*écrit* est devenu le roi du monde. Les hommes de talent qui emploient leur plume à pervertir, asservir, abêtir une nation, sont une nouvelle espèce de tyrans et de malfaiteurs couronnés, plus dignes de la colère de la satire que ne le furent jamais les derniers des Valois et les Napoléon le Petit.

Contre le poison de la presse, puissance de mort mais puissance d'un jour, la poésie verse à pleines urnes son onde éternelle et vivifiante. Il n'est pas vrai qu'elle soit inutile. Ouvrière de la civilisation à l'origine de l'histoire, elle continue, plus qu'on ne le croit, de fortifier le cœur des individus et d'adoucir la barbarie des sociétés.

La poésie de Victor Hugo a porté un coup mortel aux puissances de la Force et de la Nuit : la guerre, l'échafaud, la servitude sociale, la tyrannie, l'iniquité des lois, les justices d'exception qui ne sont qu'injustice, l'autorité sinistre des noirs personnages qui veulent éteindre la raison et supprimer la liberté. Elle a préparé l'avènement du temps où les frontières ne se dressant plus les unes contre les autres, l'hostilité en armes des nations civilisées sera aussi incompréhensible pour l'homme que l'est devenue, depuis quatre siècles, celle de ville à ville, de commune à commune, de province à province, dans l'intérieur de la patrie française unifiée. Elle a rendu impossible non sans doute quelque surprise de la dictature étranglant une nuit la république, mais toute restauration durable de la monarchie ; car on peut recommencer, mais non consolider la folie et le crime stigmatisés pour tous les siècles dans le livre immortel des *Châtiments*.

La poésie de Victor Hugo a consacré l'œuvre de la Révolution, popularisé l'idée du progrès, répandu dans le monde les doctrines libérales. Elle fait que nous rions et haussons les épaules, quand un farceur lugubre, pour faire sa cour au pape et à l'église romaine, feint d'appeler de ses vœux le rétablissement de l'unité catholique ; car le libre examen n'est plus la propriété spéciale des protestants et des philosophes, depuis que des vers magnifiques ont célébré l'affranchissement de l'esprit humain ; nous savons qu'il ne faudrait rien de moins qu'une Saint-Barthélemy pour réaliser pendant une heure l'utopie d'un recul si monstrueux dans les ténèbres du passé ; et, bien que le fanatisme soit capable de tout et qu'il reste toujours prudent de s'en méfier, comme d'un chien qui peut prendre la rage, nous sentons qu'une répétition de la Saint-Barthélemy est peu vraisemblable depuis que la poésie et la musique s'en sont emparées, depuis que l'auteur des *Tragiques* l'a mise en vers et l'auteur des *Huguenots* en opéra.

Si Victor Hugo, né un peu plus tard, avait vécu jusqu'à nos jours, il aurait élevé sa grande voix, bien autrement puissante que la nôtre, pour la défense des droits du citoyen et de l'homme. Grâce à lui, peut-être, la patrie n'aurait pas fait faillite à ses nobles traditions, et alors, au lieu de la défaite morale qui nous humilie aujourd'hui devant le monde, « parmy les estrangers, » comme s'exprime en son vieux langage du XVIe siècle un autre grand poëte, Agrippa d'Aubigné, un des bons *dreyfusards* de notre ancienne littérature,

Parmy les estrangers nous irions sans rougir,
L'œil gay, la face haut, d'une brave assurance,
Fiers, et portant au front l'antique honneur de France !

Paris. — Typ. Chamerot et Renouard, 19, rue des Saints-Pères. — 39858.